KB272268

프롤로그

1·2·3

초판 1쇄 인쇄 2026년 3월 20일

글   나태주
그   림   윤문영
펴낸이   김형근
펴낸곳   서울셀렉션㈜
편   집   지태진
디 자 인   정현영

등   록   2003년 1월 28일(제1-3169호)
주   소   서울시 종로구 삼청로 6 대한출판문화협회 지하 1층 (우-03062)
편 집 부   전화 02-734-9567 팩스 02-734-9562
영 업 부   전화 02-734-9565 팩스 02-734-9563
홈페이지 www.seoulselection.com

ISBN: 979-11-89809-95-9 03810

나태주 시화첩

풀꽃
1·2·3

윤문영 · 그림
나태주 · 시

서울셀렉션

| 차례 |

아름다운 행운 앞에

　언제든 새로운 책을 낼 때마다 마음속으로부터 떠오르는 문장이 있다. 아, 이것은 횡재이고 나아가 기적이다. 이러한 생각이나 느낌의 기저에는 나의 어린 시절의 추억이 깔려 있다.

　나의 어린 시절, 얼마나 책이 귀하고 귀하던 시절이던가. 참고서는 물론이고 교과서까지 헌책을 빌려서 보던 시절이 아니던가? 동화책을 처음 읽은 것이 초등학교 4학년 무렵이었으니 얼마나 어둑한 시절이었던가!

　그러한 내가 좋은 세상을 만나 마음껏 책을 구해서 읽고 나아가 스스로 여러 권의 책을 거침 없이 내니 이 얼마나 고마운 일이고 횡재이고 축복이고 나아가 기적 같은 일인가 말이다.

　이번에 내는 그림책은 또 다른 행운의 항목이다. 대개 그림책이라고 그러면 어린이용이기 가련인데 이 책은 우선은 성인용이고 더불어 어린이들이 읽어도 좋은 책이다.

기획하고 그림 그리고 책을 꾸미는 모든 과정을 윤문영 화백님 혼자서 해냈다. 그렇게 윤문영 화백님은 능력이 많고 꿈이 많은 분이다. 아직도 소년 같은 가슴으로 하루하루를 사시는 분이다.

그분의 손끝에서 피어나는 그림은 모두가 꽃과 같다. 심지어 사람도 꽃과 같다. 아니다. 윤문영 화백님이 그리는 사람은 꽃보다도 더 꽃 같다. 그래서 자꾸만 마음이 머물게 되고 들여다보게 된다.

이 책에 실린 문장은 나의 「풀꽃」 시 1, 2, 3이다. 편수로는 세 편이지만 세 편 모두 짧고 단순한 문장으로 된 작품이기 때문에 과연 한 권의 책을 채울 수 있을까 그랬는데 그러한 염려까지를 가라앉히고 떠억 하니 책으로 바꾸어 놓았다.

그동안 이 책을 위해 노심초사하신 윤문영 화백님의 노고에 감사드리고 원고를 받아 충실한 책으로 바꾸어 준 출판사 여러분에게 감사의 인사를 적는다. 부디 독자분들도 이 책을 읽고 잠시 동안만이라도 행복한 마음이 되었으면 좋겠다.

2026년 새봄에
나태주 씁니다.

볼수록 아름다운 사람

예부터 '그림은 침묵하는 시, 시는 말하는 그림'이라고 알려져 왔습니다. 때론 그림은 시처럼 이야기하고 시는 그림처럼 풍부한 색채와 형태가 있는 것처럼 표현됩니다. 그러니까 많은 화가들이 시를 쓰고, 많은 시인이 그림을 그려 온 셈이 됩니다.

「풀꽃 1·2·3」은 서로 섞이지만 그림과 시, 어느 한쪽이 다른 쪽을 보충하는 것이 아니라 각각 완성된 절실한 표현이기도 하지요. 화가와 시인은 서로를 평생의 친구로 두고 창작의 외로움을 달래려고 우정을 키워 갑니다. 김환기의 그림 〈어디서 무엇이 되어 다시 만나랴〉도 친구 김광섭의 시 「저녁에」를 읽고 그 느낌을 담아 낸 작품입니다. 두 사람의 우정처럼, 시와 그림이 연결되어 탄생한 걸작이지요.

나는 사람들에게서 어떤 시, 시인을 좋아하느냐는 질문을 자주 받습니다. 어디 한둘이겠습니까. 그래도 꼭 먼저 떠오르는 것은 나태주 시인의 「풀꽃」입니다. 고작 다섯 행에 글자 수마저 적습니다. 그럼에도 아득하게 다가옵니다.

「풀꽃」을 읽고 난 마음속에는 수수하고 담백한 사람이 떠오릅니다. 볼수록 아름다운 사람이 그려집니다. 숭고한 아름다움은 우리 가슴을 저리게 하지요. 우리에게 아름다움이 없다면 삶의 위안은커녕 의미 없는 무채색 삶이 되겠지요. 이 세상에 존재하는 '풀꽃' 같은 사람들의 아름다움에 깊은 애정과 환희에 찬 시선을 보냅니다. 화가가 그림으로 표현해낸 「풀꽃」의 아름다움과 동행하면서 독자들 나름대로 여백을 채워 보는 것, 감히 축복이라는 생각까지 듭니다.

2026년 초봄에
윤문영

풀꽃
10

풀꽃

12

13

예쁘다
자세히 보아야

풀꽃 16

오래 보아야
사랑스럽다

너도 그렇다
풀꽃 18

자세히 보아야
예쁘다
오래 보아야
사랑스럽다
너도 그렇다.
풀꽃
20

이름을 알고 나면 이웃이 되고

색깔을 알고 나면 친구가 되고
풀꽃 24

모양까지 알고 나면 연인이 된다
풀꽃
26

풀꽃

28

아, 이것은 비밀.

이름을 알고 나면 이웃이 되고

색깔을 알고 나면 친구가 되고

모양까지 알고 나면 연인이 된다

아, 이것은 비밀.

풀꽃

32

기죽지 말고 살아 봐

풀꽃 34

꽃
피
어
봐

풀꽃 36

참
좋아.

기죽지 말고 살아 봐
꽃 피워 봐
참 좋아.

모든 풀꽃들에게

잡초와 화초는 다 같이 풀이다. 생명체를 동물과 식물로 나누고 다시 식물을 둘로 나누면 풀과 나무가 된다. 이때 나무가 아닌 식물이 모두 풀이다. 그런데 인간이 자기들의 필요나 주관에 따라 풀을 잡초와 화초로 나눈 것이다. 거기에 하나 더 구분을 둔다면 곡식인데 이 또한 인간의 필요에 따른 것이다.

곡식이나 화초에 비해 잡초는 천하고 가치가 낮아 인간에게 선택받지 못한다. 버리고 멀리하고 가꾸려고는 하지 않는다. 하지만 나는 잡초를 잡초라고 말하지 않고 그냥 풀이라고 말하고 싶고 거기에 피는 꽃을 풀꽃이라 부르고 싶다. 풀꽃은 구체적인 어떤 꽃을 말하지 않는다. 나무가 아닌 풀에 피는 모든 꽃이 풀꽃이다.

풀꽃, 발음도 좋다. 소리 내는 나의 입이 향기로운 것 같고 나 자신조차 풀꽃을 닮아 싱싱해지는 느낌이다. 얼마나 좋은가! 풀꽃.

아름답고 건강한 생명체다. 우리도 마땅히 풀꽃을 닮아서 아름답고 건강한 생명체가 될 필요가 있다. 풀꽃. 어울려 사는 목숨이다. 평화로운 나라의 동포들이다. 마땅히 우리도 풀꽃처럼 어울려 살기를 소망해야 하고 평화롭기를 꿈꾸어야 한다.

그러나 여전히 풀꽃은 인간들에게 환영받지 못한다. 사람들이 친근하게 여기지 않는다. 그냥 마이너라고만 생각한다. 하지만 나의 생각은 결코 거기에 머물지 않는다. 풀꽃처럼 검박한 존재가 없다. 풀꽃처럼 강인한 존재가 없다. 풀꽃처럼 적응을 잘하는 생명체가 없다. 풀꽃처럼 정직하고 선한 목숨이 없다.

생각해 본다. 내가 살아오면서 사람들에게 풀꽃처럼 여겨지지 않았을까. 아니 잡초로 대접받지 않았을까. 그랬을지도 모른다. 잡초란 실상 소수파를 지칭하기도 한다. 이단아를 말하기도 한다. 잔디밭에 꽃이 자라면 그것이 잡초이고 꽃밭에 곡식이 자라면 그 또한 잡초다. 그처럼 나도 곡식밭에 난 하나의 꽃이 아니었을까.

그렇다 해도 좋다. 어쩔 수 없는 일이다. 내 비록 잡초일망정 나 스스로는 풀꽃이라고 여기며 살아왔다. 다른 이들에겐 내가 하찮은 풀꽃이라고 보였겠지만 나 자신은 나를 소중한 꽃이라고 여기며 살아왔다. 아니, 꽃이 되려고 애쓰면서 살아왔다. 그것이 길이다. 그것이 나의 길이고 또 너의 길이다.

혹시나 오늘날 힘든 젊은이들에게 말하고 싶다. 자신이 마이너라고 생각되는가? 패배자라고, 낙오자라고 여겨지는가? 부디 그렇게 생각하지 말기를 부탁한다. 그렇게 생각하면 할수록 자기만 손

해다. 비록 조금 늦고 한두 번 실패했다 쳐도 내가 꽃이라고 생각해 보자. 언젠가는 성공하는 날이 있을 것이라고 믿어 보자. 부디 그렇게 되기를 꿈꾸어 보자. 으늘은 아니지만 분명 내일은 그럴 것이라고 다짐해 보자.

어느 순간엔가 바뀌는 자기와 자기의 처지를 볼 때가 분명 있을 것이다. 나만 해도 70살이 넘어서야 비로소 독자들에게 선택받는 시인이 되었다. 얼마나 좋은가!

늙은 사람의 명예가 정작 명예다. 이 땅의 모든 풀꽃들에게 힘찬 응원을 보낸다. 가자! 아름다운 날, 꿈꾸는 나라로 우리 함께 가자!

풀꽃·1

자세히 보아야
예쁘다

오래 보아야
사랑스럽다

너도 그렇다.

내 작품 가운데 「풀꽃」이란 시는 나에게 참 특별한 작품이다. 겨우 다섯 줄밖에 안 되는 짧은 시. 글자 수도 얼마 되지 않거니와 이걸 행을 줄이면 세 줄이 될 수도 있으니 참 단출하고 소박한 시라고 할 수가 있겠다. 그러나 독자들로 향하는 영향력은 상당한 것 같다.

인터넷 검색란에 '나태주'라고 내 이름을 쳐 넣으면 아예 '나태주' 다음에 '풀꽃'이란 말이 따라붙을 정도요, 블로그나 카페에 인용된 것을 보면 놀라울 정도다. 이제는 아예 나를 대놓고 '풀꽃 시인'이라고 할 정도다. 내가 그동안 공들여 쓴 작품들이 참 많은데 왜 이 작품한테만 유독 이러는지 모르겠다. 조금은 섭섭하기도 하면서 다행이다 싶기도 하다.

내가 처음 이 작품을 쓴 것은 (기록을 찾아보면) 2002년 5월 9일의 일이다. 그 당시 나는 공주시의 한 초등학교(상서초등학교)의 교장으로 일하고 있었는데 목요일마다 오후에 특기 적성 교육 시간이란 것이 있었다. 전교생 100명 내외의 소인수 학교였기 때문에 3학년부터 6학년까지 아이들을 무학년으로 반을 편성하여 자기가 원하는 반에 들어가 공부하게 하는 그런 형식이었다.

그런데 어느 반에도 들어가지 못하는 아이들이 있었다. 그 아이들을 모아 교장실에서 내가 가르치기로 했다. 가르친다고 하기는 했지만 그건 실상 함께 시간을 보내는 일에 지나지 않았다. 나는 아이들에게 책을 나누어 주고 읽게 하기도 하고 이야기를 해 주기도 하고 글을 짓게 시키기도 했다. 그러나 아이들은 점점 그 모든 것에 싫증을 느끼며 지루해하는 눈치를 보였다.

어쩔까? 생각 끝에 나는 아이들을 데리고 밖으로 나가 학교 정원에 풀꽃 그림을 그리게 했다. 풀꽃 그림 그리기는 내가 외로울 때나 시간의 여유가 있을 때나 또 시가 잘 안 써질 때 자주 시도하는 나만의 수련 방법이기도 하다. 우선 아이들에게 복사지 한 장씩을 나누어 주고 거기에 풀꽃 그림을 그리라고 주문했다.

근무하던 학교 정원에는 마침 늦은 봄철을 맞아 여러 가지 풀꽃들이 많이 피어 있었다. 만들레, 제비꽃, 봄맞이, 밥보재, 큰골풀, 꽃마리, 고이시앙, 씀바귀 등. 더러는 내가 이름을 알지 못하는 풀꽃들도 있었다.

"얘들아, 여기에 이렇게 예쁜 풀꽃들이 많지 않느냐? 이런 풀꽃들 가운데 하나를 골라서 그림을 그려 보자.”

아이들은 성미가 급하다. 망설이지 않는다. 내 말이 떨어지자마자 종이에 쓱쓱싹싹 그림을 그려 넣는다.

그러나 아이들의 풀꽃 그림은 매우 엉성하고 실제의 풀꽃과는 많이 닮아 있지 않다. 저희들이 그동안 머릿속에서 생각하고 있던 그 어떤 상념 같은 것을 표현해 놓은 것일 뿐이다. 그건 아이들만 그런 게 아니라 어른들도 마찬가지. 사람들은 어떤 사물에 대해서도 고정관념이랄지 선입견이랄지 그런 걸 가지고 있다. 일종의 사고의 틀, 개념 같은 것이다. 그러나 이것은 실지와는 많이 다르게 되어 있다.

재빨리 그림 그리기를 끝낸 아이들이 주위로 모여든다. 그러면서 내가 풀꽃 그림 그리는 걸 보면서 묻는다.

“교장 선생님, 어떻게 하면 풀꽃 그림을 잘 그릴 수 있어요?”

“그건 말이다, 우선 여러 개의 풀꽃 가운데 자기 맘에 드는 풀꽃 한 개를 찾아내는 것부터 시작해야 한단다. 그리고서는 그 풀꽃을 자세히 보아야 하고 오랫동안 보아야 한단다. 그러면 풀꽃이 예쁘게 보이고 사랑스럽게 보이지.”

얘기를 마치고 아이들을 바라본다. 뭔지는 잘 모르겠지만 열심히 내 이야기를 듣고 있는 아이들이 여간 귀엽고 예쁘고 사랑스러운 게 아니다. 저도 모르게 나는 한마디한다.

“그건 너희들도 그렇단다.”

마음속에 찌르르하는 감흥이 온다. 바로 이거다. 아이들이 그

린 풀꽃 그림을 모두 거두어 가지고 교장실로 들어온 나는 지금
까지 아이들과 나눈 대화를 종이에 쓴다. 그렇게 해서 「풀꽃」 시
가 되었다.

풀꽃 · 2

이름을 알고 나면 이웃이 되고
색깔을 알고 나면 친구가 되고
모양까지 알고 나면 연인이 된다
아, 이것은 비밀.

처음 「풀꽃」이란 시는 서울의 어느 시 잡지에 발표하고 2005년 발행된 시집 『조금은 보랏빛으로 물들 때』란 시집에 수록되었다. 맨 처음 이 시를 좋게 보아 준 사람은 이해인 수녀시인이다. 이해인 수녀시인은 자신의 글 속에 이 시를 인용하면서 좋은 시로 소개해 주었다. 그다음 개인적으로 이 시를 좋다고 평가해 준 사람은 문학평론가 김재홍 교수다.

그런 뒤 한동안 여러 사람에 의해 이야기되다가 이 시가 집중적으로 주목을 받은 것은, 교직 정년을 앞두고 제자들에게 선물하고 싶어서 그동안 쓴 시들 가운데서 학생들이 읽었으면 좋을 성싶은 작품들만 모아 거기에 짤막한 산문을 곁들여 낸『이야기가 있는 시집』이란 책의 출간 이후부터다.

이 책으로 해서 많은 독자들이 「풀꽃」 시를 접하는 기회가 생기게 되었다. 그뿐더러 이 책으로 해서 여러 편의 시가 초·중등학교 국어과 교과서 실리는 계기가 되었다. 이 책에 실린 시 가운데서 「풀꽃」이 초등학교 2학년 국어과『읽기』교과서에 수록되고, 이어서『중학교 국어』교과서에 역시 「풀꽃」과 「강물과 나는」이란 시가 수록되고, 또『고등학교 국어』교과서에 「촉」이란 시가 실리게 되었던 것이다.

나아가 「풀꽃」 시는 교과서 차원을 넘어 여러 군데에 불려 다니며 사랑받는 시가 되었다. 일찍이 부산시 당감 2동의 동비(洞碑)가 되었고, 영화 〈세상에서 가장 아름다운 이별〉에 주인공의 수목장 묘비명으로 사용되었으며, 은행이나 마사회 플래카드로 활용되었고, 여러 지역의 학교 담이나 공원, 등산로에 등장하게 되었고, 2012년 봄에는 교보빌딩의 글판에 새겨지는 글이 되기도 했다. 이러한 「풀꽃」 시가 다시금 주목을 받게 된 것은 KBS2의 〈학교 2013〉이란 드라마 2회분에서 이종석이란 배우가 이 시를 낭송하면서부터다. 역시 대중 미디어의 영향력은 막강하다. 전혀 문학이나 시에 관심이 없는 사람들까지도 드라마에 나왔다면서 이야기하는 걸 들었다.

그뿐만 아니라 「풀꽃」 시는 많은 서예가들에 의해 작품으로 쓰이고 있으며 작곡가들에 의해 작곡되어 불리기도 하고 있다. 통기타

가수인 김정식 씨, 성용한 신부, 부산의 박구부 씨 등이 「풀꽃」을 작곡해 주신 분들인데 이분들은 제각기 색다른 감흥으로 「풀꽃」 시를 작곡하여 많은 사람들로 하여금 노래 부르게 하고 있다. 이래저래 「풀꽃」은 나에게 의미 깊고 특별한 작품이다. 영광을 주었다면 그렇고 고마운 작품이라면 또 그러한 작품이겠다.

풀꽃 · 3

기죽지 말고 살아 봐

꽃 피워 봐

참 좋아.

그러면 여기서 왜 「풀꽃」 시가 그토록 사람들에게 어필하게 되었는지에 대해서도 조금은 얘기할 필요가 있겠다. 무엇이 이 시를 사람들로 하여금 읽게 했을까? 그것은 이 시가 특별히 아름답거나 특출해서가 아니라 시대적 상황과 맞아떨어져서 그렇다고 본다. 의식이나 삶의 태도와 관계있다고 본다.

그동안 우리들은 무엇이든 빨리빨리만 하면 제일인 줄 알면서 살아왔다. 속도 지향, 성과 제일주의로 살아왔다. 그러면서 큰 것, 겉으로 보아 화려한 것만 선호하면서 살아왔다. 그런 삶의 태도가 이제는 더 나아갈 길이 없이 절벽에 도달하게 되었다.

그러므로 이제는 소소한 것, 보잘것없지만 아름다운 것들에 눈과 귀가 쏠린 것이다. 외형적인 것도 좋지만 내면적인 것에 주의를 기울이게 된 것이고 새로운 것과 함께 오래된 것에 대한 관심이 생긴 것이다. '빨리빨리'에서 '천천히'로 조금씩 모드가 바뀌게

된 것이다.

정작 우리들 삶에서 중요한 것은 속도가 아니고 방향성이다. 방향이 잘못 선정되고 속도가 있을 때 어떻게 될까? 속도가 높으면 높을수록 빨리 망하는 수밖에 없다. 잘못된 방향과 빠른 속도는 망하는 지름길밖에 그 아무것도 아니다. 우선은 올바른 방향을 설정해야 한다. 일단 방향만 제대로 설정되었다면 빨리 가고 느리게 가고는 별 문제가 아니다.

뚜벅뚜벅 소걸음이라도 좋겠다. 느리게 더듬거리며 가도 좋겠다. 느리게 가고 더듬거리며 가도 방향만 제대로 되었다면 끝내 우리는 우리가 바라는 우리의 모습을 만나게 될 것이다. 언제일지는 모르지만 우리가 가는 길 끄트머리에서 우리가 꿈꾸었던 나 자신이 웃으면서 마중해 줄 것이다. 그것을 믿어야 한다. 그것은 바로 미국 시인 로버트 프로스트가 쓴 「가지 않은 길」의 내용이기도 하다.

그동안 우리는 너무나 대충대충 주마간산(走馬看山)으로 세상을 보아 왔다. 사람을 그렇게 보아 왔고 사물과 자연을 그렇게 보아 왔다. 그러다 보니 놓친 것들이 많았다. 이제는 정신 좀 차리고 자세히 보자는 것이다. 천천히 보자는 것이다. 오래 보자는 것이다. 마음을 가지고 보자는 것이다. 이러할 때 새로운 세상이 열린다는 얘기다. 아니다. 지금껏 우리가 놓쳤던 본질의 세계가 거기에 있다는 얘기다.

그뿐더러 우리는 그동안 지나치게 자기 자신만 생각하면서 살아왔다. 오로지 나 중심으로만 살아왔다. 어찌 '너' 없이 '내'가 있을

수 있을까? 어리석은 일이다. 내가 있으려면 먼저 네가 있어야 한다. 어찌 그걸 몰랐을까? 말과 지식으로는 충분히 알았으면서 가슴으로 정서로 몰랐던 것이다. 그것이 더 큰 문제다.

이걸 바꿔 보자는 것이 바로 "너도 그렇다"이다. '너도 자세히 보면 예쁘고 오래 보면 사랑스럽다'는 것이다. 시소나 널뛰기에서도 내가 올라가려면 네가 내려가 주어야 하고 네가 올라가려면 내가 내려가 주어야 한다. 그것이 세상의 법칙이다. 그것이 아름답고 진실한 사람들이 사는 방법이다.

「풀꽃」 시에서 가장 폭발력이 강학그 임팩트가 있는 부분은 아무래도 "너도 그렇다"이다. 이 부분은 인간이 고칠 수 없는 부분이다. 어쩔 수 없는 부분이며 대체 불가능한 부분이다. 그야말로 하늘이 내려 준 문장이다. 이런 문장을 나는 '금잔옥대(金盞玉臺)'에서 금잔 부분이라는 말로 설명하기도 한다.

"자세히 보고 오래 보아야 예쁘고 사랑스러운 것"은 '풀꽃'만 그런 것이 아니다. "너도 그렇다" 하고 말할 때 의미의 외연은 무한대로 확대된다. 그래서 이 시가 비록 조그만 외양을 지녔지만 사람들이 좋아하고 많이 찾고 오래도록 입술에 오르내리는 시가 되지 않았나, 생각해 보기도 한다. 더러는 이 시가 자존감을 주는 시이고 마음의 위로와 치유를 주는 시라는 이야기를 하는 사람들도 있다.

일러두기

이 책에 수록한 나태주 시인의 에세이 「모든 풀꽃들에게」는 『봄이다, 살아보
자』(한겨레출판, 2022)에서, 「풀꽃·1」, 「풀꽃·2」, 「풀꽃·3」은 『날마다 이 세상
첫날처럼』(푸른길, 2014)에서 인용한 것임을 밝힙니다.